F. Eiselein

Composition der Nomina in der griechischen Comoedie: Ein Beitrag zur griechischen Etymologie

Antigonos

F. Eiselein

Composition der Nomina in der griechischen Comoedie: Ein Beitrag zur griechischen Etymologie

Unveränderter Nachdruck der Originalausgabe von 1868.

1. Auflage 2024 | ISBN: 978-3-38613-407-1

Antigonos Verlag ist ein Imprint der Outlook Verlagsgesellschaft mbH.

Verlag: Outlook Verlag GmbH, Zeilweg 44, 60439 Frankfurt, Deutschland
Vertretungsberechtigt: E. Roepke, Zeilweg 44, 60439 Frankfurt, Deutschland
Druck: Libri Plureos GmbH, Friedensallee 273, 22763 Hamburg, Deutschland

COMPOSITION DER NOMINA

in der

griechischen Comœdie.

I.

Ein Beitrag zur griechischen Etymologie

von

F. Eiselein,

Professor.

Beigabe zum Programm des Grossherzogl. Lyceums zu
Constanz vom Schuljahre 1867/68.

Constanz 1868.
Stadler'sche Buchdruckerei.

Seit der Umbildung der griechischen Etymologie durch die Sprachvergleichung hat die Sprachforschung ein erhöhtes Interesse an den Compositis gewonnen, einerseits weil auf diesem Gebiete noch Vieles zu lichten und sichten ist, andrerseits weil durch Zerlegung der Sprachgebilde in ihre Elemente ein Einblick in das Wesen der griechischen Sprache in einer ganz frühen Epoche geboten wird.

Curtius sagt in seinen Erläuterungen zu seiner griechischen Schulgrammatik Seite 139:

»Schon die einfache Thatsache, dass im ersten Theile »des Compositums der Wortstamm als solcher erscheint, »ist von grosser Wichtigkeit für die richtige Einsicht »in den Sprachbau. Hätte man dieses eine Faktum »zu erkennen gewusst, so würde eine Masse von Ver- »kehrtheiten schon vor der Umbildung der neuern »Sprachwissenschaft vermieden worden sein.«

Beim Lesen des Aristophanes fand ich in den zusammengesetzten Nomina Schwierigkeiten, über die ich weniger schnell, als ich auf den ersten Anblick geglaubt hatte, hinwegkommen konnte. Dies veranlasste mich etwas eindringlicher mit dem Studium der griechischen Composita mich zu befassen, und daraus ist gegenwärtige Abhandlung erwachsen.

Die griechischen Comödiendichter schienen mir eine ganz geeignete Grundlage zu sein. um die Gesetze, nach denen die Nomina composita sich bilden. nachzuweisen, weil abgesehen von der Fülle des Materials, das die Comödie reichlicher als jede andere Art prosaischer und poetischer Darstellung bietet, abgesehen von der Originalität, welches die unter dem Einfluss der komischen Muse geschaffenen Wortgebilde an sich tragen, die Comödie in der ungebundensten, und weil bloss auf dem Boden des Volksthums stehend, volksthümlichsten und darum dem Genius der griechischen Sprache am angemessensten Ausdrucksweise sich bewegt.

Die Composita sind die älteste sprachliche Urkunde, die wir besitzen. Die Composition war in der frühsten Periode der arischen Sprachen das Mittel, wodurch die damals noch fehlende oder äusserst unfertige Syntax ersetzt wurde. Am deutlichsten tritt diese Thatsache im Sanskrit zu Tage (Kellner, Elementargrammatik der Sanskrit-Sprache 1868, § 325.)

Mit der Ausbildung der Syntax tritt die synthetische Bildung in der griechischen wie in den andern arischen Sprachen in den Hintergrund. Weil jedoch durch die Composition die Begriffe kürzer, leichter, schöner und imposanter ausgedrückt werden, als es durch Flexion und Präpositionen möglich ist, blieb immerhin noch eine gute Zahl synthetischer Gebilde im Gebrauche, und nach dem Muster der vorhandenen wurden neue gebildet.

Composition ist das Zusammenfügen zweier Stämme zur Sinneseinheit unter einem Accent. Decomposition ist die Verbindung von mehr als zwei Stämmen zu einem Wortganzen. Das Decompositum ist also im Grunde nur ein mehrfaches Compositum. *)

Eupol. Schol. Dionys. Thrac. in Bekkeri Anecdota p. 701. 32.

---

*) Von den lateinischen Autoren verwendet Plautus mit grosser Vorliebe Decomposita als Eigennamen mit der Endung der Patronymika.

Captio. 2. 2. 35. Thesaurochrysonikochrysides, mit Schätzen und Gold sieghafter Goldiger; Pers. 4. 6. 22. Nummosexpalponides, Geldherausschmeichler; Pers. 705. Quandosemelarripides, hält ers einmal fest; Pers. 4. 6. 21. Argentumexterebronides, Geldherausbohrer; Pers. 4. 6. 22. Nunquampostreddonides, Niemalsnachherwiedergeber; Mil. 1. 14. Clutomestaridysarchides: Pseud. 4. 2. 31. Polymachaeroplagides; Pers. 4. 6. 21. Nugipolyloquides.

Καὶ ἔστιν ὡς ἐπὶ τὸ πλεῖστον ἡ σύνϑεσις ἐκ δύο λέξεων, γίνεται καὶ ἐκ τριῶν ὡς τὸ „δυςαριστοτόκεια" (Hom. Jl. 18. 54.) *παρὰ δὲ τοῖς κωμικοῖς καὶ ἐκ πλειόνων, ὡς παρ᾽ Ἀριστοφάνει* (Nub. 326) *„σφραγιδονυχαργοκομῆται"* καὶ *παρ᾽ Εὐπόλιδι „ἀμφιπτολεμοπηδησίστρατος."*

Gemination ist die Composition eines Wortes mit sich selbst z. B. *ἀλλήλων* aus *ἄλλος ἄλλος* mit Ausfall des λ im zweiten Theile und Ersatzdehnung zur Vermeidung des Gleichklangs. Die Gemination ist eine äusserst selten Erscheinung in der griechischen Sprache. Cratinus apud Eustathium Jl. p. 668. *ἀκασκᾶ* (Accent nach Eust.) Hesych. *ἡσυχῶς*, aus *ἀκήν* und *ἀκᾶ* i. e. *ἀκήν* mit euphonischem ς wie in *ϑεοσεχϑρία, δολιχόσκιος* von *κίω*. Mit Partikel in der Mitte *παππεπίπαππος*, Urgrossvater, Philonides Com. apud Pollucem III. cap. 2, von Poll. als *δεινῶς ἰδιωτικόν* bezeichnet. *)

Wortfolge innerhalb der Composition.

Die Wortstellung innerhalb des Wortganzen ist eine der tiefgehendsten und in allen arischen Sprachen gleichmässig zu treffenden Erscheinungen, welche, wie Pott sagt, selbst der Wortbildung und Wortbiegung an Wichtigkeit kaum etwas nachgeben kann, so logisch als es überhaupt nur etwas in der Sprache geben kann; denn die Reihenfolge der Wörter beruht auf dem natürlichsten Verhältnisse des Menschen zur äussern Welt. Das Bestimmende geht dem Bestimmten, das Begränzende dem Begränzten voraus. Somit treten das Objekt und jede adverbiale und adjektivische Bestimmung vor das Verbum. Als der Accusativ entstand, trat ein Schwanken in diesem Gesetze ein. Der Accusativ findet sich sowohl vor als hinter dem Verbum, vergl. *βορβοροτάραξις* und *ταραξικάρδιος*. Es soll jedoch hiemit nicht

---

*) Eine Gemination findet sich bei Kallicratidas Pyth. apud Stobaeum florileg 85. 18. *τὸν αὐταύτας ἄνδρα;* mit eingeschobener Partikel Hom. Jl. 5. 831. *ἀλλοπρόςαλλος* der Hüben und Drüben. Vergl. das ahd. sëlpsëlpo und das mh. wiltwilde.

behauptet werden, dass diese beiden Composita in der ersten
Periode der griechischen Sprache existirten, sondern bloss
dass sie frühern Formen analog gebildet sind. Geschlossen
wird das componirte Wortgebilde durch das Subjekt, das
oft im Geschlechtszeichen oder in der Ersatzdehnung verborgen liegt.

I. Form der Composition.

1. Art der Verbindung.

Die Art der Verbindung kann eine lockere sein, bei
welcher die Stämme bloss unter einen Accent zusammen-
geschoben werden, oder eine innigere und festere, bei welcher
ein fremdartiges Bindemittel sich zwischen die Stämme
eindrängt und Veränderungen im Auslaut des ersten und
Anlaut des zweiten Theiles bewirkt. Letztere Art begreift
man auch unter dem Namen eigentliche, erstere unter dem
Namen uneigentliche Composition.

A. Reine Juxtaposition.

Blosses Zusammenschieben der Stämme zu einem Wortganzen findet statt:

a. Wenn ein Sigmastamm oder ein Indeklinabile und
ein Verbale mit örtlich zielendem oder transitiven Sinne
die Glieder der Composition bilden. Die Sigmastämme
lauten auf ες aus: der trübe Vokal ο erscheint erst im
Nominativ. Dass das auslautende ες wurzelhaft ist, ist
durch Dative im Plural. wie ὄρεσ-σι, Neutra Adjectiva wie
εὐμενές und die Comparation auf εστερος und εστατος, mehr
aber noch durch das Sanskrit (Kellner Elementargrammatik,
§ 110. S-Stämme μένος Nom. Vocat. Acc. mánas, Inst.
manas-â, Dat. manas-ê, Abl. manas-as, Gen. manas-as,
Locat. manas-i; vergl. das Lat. foedus, Gen. bei Varro
L. L. foedes-is) zur Genüge erwiesen.

φωςφόρος. Arist. Thesm. 858. (Ἑκάτη) und Lysist. 443. (Ἄρτεμις) von φάος. Die ursprüngliche Form φαεςφόρος findet sich bei Aeschyl. Agam. 489.

σαμφόρας Aristoph. nub 122. σὰν φορῶν, ein Pferd dem ein σάν eingebrannt ist. Schol. Aristoph. equit. 603. οἱ Δωριεῖς τὸ σ σὰν ἔλεγον. Anacreon 53. 1.

Ἐν ἰσχίοις μὲν ἵπποι Πυρὸς χάραγμ ἔχουσι. *)

b. Reine Juxtaposition findet statt, wenn der erste Theil der Composition eine Partikel enthält. Eine feste Verbindung ist wegen der ursprünglichen Natur des Bindevokals schon unmöglich. Die lockere Art der Verbindung erhellt schon aus der bei den Epikern, Herodot und den ältern attischen Dichtern vorkommenden Tmesis. Beispiele unter Composita adverbialia im II. Theil.

B. Grammatische Casus im ersten Theile der Composition.

Erscheint das Bestimmungswort flektirt, so bildet sich eine Mittelstufe zwischen synthetischer und syntaktischer Verbindung. In manchen Fällen liessen sich beide Stämme eben so gut getrennt als unter einem Accent schreiben; in andern ist aus zwei in der Schreibung getrennten Wörtern durch eine Ableitungssilbe ein einziges Wort erwachsen. Am häufigsten kommen in solcher Weise komponirt der Locativ und Instrumentalis vor, äusserst selten der Genitiv und nur in einigen wenigen Fällen der Accusativ. Der Dativ zeigt bisweilen Spuren von adverbialer Verkürzung.

a. Locativ im Bestimmungswort.

ὀρειβάτης, Aristophan. Aves 276, Cod. Rav. ὀριβάτης, monticola; χοροιμανής, Aristoph. Thesm. 961, im Tanze toll; ὀρείπλαγκτος, Aristoph. Therm. 326, bergdurchir-

---

*) Homer, ἐγχέσπαλος Jl. 2. 131, Lanzenschwinger; ἐπεσβόλος, Jl. 2. 275. verba jactans; ἐπεσβολίη, Od. 4. 151.; σακέσπαλος, Jl. 5. 126. Schildschwinger; ὀρεσκῷος Od 9. 155. ins Gebirg sich lagernd, von κέω Od. 7. 343; τελεσφόρος, Hym. Jov. 22. 2. Endebringer.

rend; ὀρεσσίγονος, Arist. Ran. 1340, berggeboren; Πυριλάμπης, Aristoph. Vesp. 98. und Eupolis nach den Scholien
zu dieser Stelle. N. pr.; ἀνθεσιπόταται, auf Blumen flat-
ternd, Antiphanes apud Athenaeum. (Meinecke liest ἀν-
θεσίπατητα, auf Blumen wandelnd.) *)

Der Locativ von ὕψος, τὸ verkürzt die Endung und
wird Adverbium.

ὑψιβρεμέτης, Aristoph. Lys. 774. in der Höhe don-
nernd.

b. Instrumentalis im ersten Theile der Composition.

Ναυσικύδης, Aristoph. Eccles. 426, N. p.; Διιτρέφης,
Aristoph. Av. 79; Plato Comicus in den Scholien zu Ar.
Av. 79; ἁλίπαστος, Aristomenes fragm. 1. 2; Πυριλάμπης,
Aristoph. Vesp. 98, Eupolis Fragm. 14. 17. N. pr. **)

---

*) Bei Homer: ὁδοιπόρος, Jl, 24. 508. wandernd; ὀρεσίτροφος,
Jl. 12. 299, im Gebirge aufgewachsen; πυρίκαυστος, Jl. 13. 564, im
Feuer gebrannt: ἐντεσιεργός, Jl. 24. 277. im Geschirr arbeitend;
ἐμπυριβήτης, Jl. 13. 703, im Feuer stehend; ἀργειφόντης, Jl 2. 103. etc.
der schnell erscheinende, von ἀργής (Gen. bei Nicand. ἄργεος) und
φαίνω (der Uebergang von α in ο erklärt sich durch den äol Dia-
lekt; Joann. Gramm. apud Schäfer. Gregor. Corinth. de dialectis
linguae Graecae p. 455. sagt von den Aeoliern:
ἔθος ἔχουσι ἀντὶ τοῦ α τὸ ο τιθέναι, θρασέως θροσέως, στρα-
τός στροτός, ἄνω ὄνω, ἀνέληται ὀνέληται, ἀνεχώρησεν ὀνεχώρησεν,
σταλεὶς σταλείς.
ἐγχεσίμωρος Od. 3, 188. an den Lanzen glänzend. Πυλοιγενής
Jl. 2. 54. in Pylos geboren. χοροίτυπος Hymn. Merc. 31. im Tanz
geschlagen. χαμαιγενής Hymn. Ven. 108. am Boden erzeugt.
**) Bei Homer: Κηρεσσιφόρητος, Jl. 8. 527, von den Keren
herbeigeführt; δουρίκτητος, Jl. 9. 343, δουρικλυτός, Od. 17. 71,
speerberühmt; ναυσικλυτός, Od. 7. 39 und ναυσικλειτός Od. 6, 22,
durch Schiffe berühmt; Μηδεσικάστη Jl. 13. 175. durch Rathschläge
glänzend, N. pr.; πασιμέλουσα, Od. 12. 70, allen am Herzen liegend,
von Bekker getrennt πᾶσι μέλουσα; ἁλιπόρφυρος, Od. 6. 53, pur-
purgefärbt; αἰγίβοτος, Od. 4. 606, von der Ziege beweidet; ἁλιμυ-
ρήεις, Jl. 21. 190, vom Meer überfluthet.

c. Genitiv im ersten Theile der Composition.

νεώςοικος, Aristoph. Acharn. 96, Schiffswerfte (im Plural auch bei Herod. Thucyd und andern.) Ein euphonisches σ anzunehmen verbietet das Digamma von οἶκος. Es findet sich ja auch φερέοικος. *) **)

d. Accusativ im ersten Theile der Composition.

ἀμφορεαφόρος, Eupolis und Menander, Amphora tragend; νουνεχόντως, Menander, Apollonius apud. Bekker. Anecdota. p. 587. τὸ παρὰ Μενάνδρῳ „νουνεχόντως“ δοκεῖ ἀσύστατον εἶναι. Etym. Magn. 606. 35. Πολλάκις ἀπὸ δύο διεστώτων μερῶν γίγνεται ἑνότης οἷον νουνεχόντως. ***)

C. *Zusammensetzung vermittelst des Compositionsvocals.*

Der Compositionsvocal.

Das Mittel, dessen sich die griechische Sprache bedient, um Stämme zu einem festern Gebilde zu verknüpfen, ist der Compositionsvocal o. Für dieses o war wie immer a die Vorstufe. α, der Compostionsvocal der arischen Sprachen, ist nach W. Scherer (zur Geschichte der deutschen Sprache, Berlin 1868, Seite 333) ursprünglich eine Locativendung, die den ersten Compositionstheil zum Ort oder zur Sphäre macht, in welchen der zweite versetzt wird. Im Laufe der Zeit aber wurde der Compositionsvocal zum

---

*) Bei Homer: οὐδενόσωρος, Jl. 8. 178. Hesych. οὐδεμιᾶς φροντίδος ἄξιος. Sonst sind im Griechischen fast nur Eigennamen in dieser Compositionsart üblich: Κυνόσαργες, Διόσκουροι, Ἑρμούπολις, Ἑλλήςποντος.

**) Bisweilen bildet sich aus zwei in diesem Verhältnisse stehenden aber getrennt geschriebenen Wörtern durch eine Ableitungssilbe ein Wort. Διὸς πόλις, Διοςπολίτης; Αἰγὸς πόταμοι, Αἰγοςποταμίτης.

***) Aehnliche Beispiele sind: Isocrat. Areopag. p. 152, λογονεχόντως; Polyb. 4. 18. νουνεχῶς; Arist. rhet. 2. 2. εὐποιητικός von εὖ ποιεῖν (besser als εὐποιεῖν.)

farblosen Laute und vermehrte die Zahl der Suffixe, deren
Bedeutung in Vergessenheit gerieth. Bei Aristophanes erscheint der Bindevocal in solchen Gebilden, die blosser
Klingkang ohne bestimmte Bedeutung sind. Ranae 1280.,
wo auf das wiederholte φλαττοϑραττο φλαττοϑρατ des Euripides Dionysos fragt: τί τὸ φλαττοϑραττο τοῦτ᾽ ἐστιν; ἐκ
Μαραϑῶνος ἢ πόϑεν συνέλεξας ἱμονιοστρόφου μέλη. *)

Der Trübung in *o* hat *α* widerstanden in: ποδάνιπτρον,
Aristoph. apud Pollucem 7. 167. Fusswasser, ποδανιπτήρ,
Diocles Comicus apud Athenaeum. ἀκράχολος Aristoph.
Equit. 41. jähzornig (ἀκρόχολος würde nicht in den Vers
passen. Eustath bezeichnet ἀκράχολος als Ἀττικῶς); σινα-
μορεύματα, Pherecrates, Näschereien, von σινάμωρος, Schol.
Aristoph. Pax 1009, Stamm σίνομαι und μόρος, dem das
Rauben oder Naschen als Loos zugetheilt ist. (σιναμωρέω
Aristoph. Nub. 1070); πολεμαδόκος Phrynichus Comicus.
Bei ἀλάδρομος in τὸν ἀλάδρομον ἀλάμενος Arist. Aves 1350
verwandte der Dichter *α* als Compositionsvocal, um Asso-
nanzen zur Parodirung der Dithyrambendichter zu erhalten.
Vergl. in Aves. 1378: κυλλὸν ἀνὰ κύκλον κυκλεῖς. ὀρναπέτιον Acharn. 913 ist ein böotisches Wort. Collectivcomposita, in denen sich *α* erhielt, sind: πεντάσκαλμος, Ephippus apud Athenaeum, mit fünf Ruderbänken; πενταστάτη-
ρος, Sosippus apud Pollucem, fünf Stater werth. Besonders
die Aristoteliker und die neuere Comödie cultivirten den
Bindevocal *α* zwischen Numeralien und dem Grundworte
mit Vorliebe. ἑκατοντάκλινος, Chares Comicus apud Athenaeum. Phrynichus ed. Lobeck p. 412. warnt vor Com-

---

*) Im Gothischen ist der Compositionsvocal **a**, Theudareiks,
Amalasuintha, veinagards. Im Althochdeutschen auch ursprünglich
a, hova-man von hof, curtis; spëra-scaft von sper; taga-lihh, diurnus,
von tac. In römischen und altfränkischen Quellen findet sich o,
Marco-manni, Chnodomarius, Teutoburgensis, Dagobertus, Karolo-
mannus, Droctoaldus. Dieses o ist wahrscheinlich dialektisch. Im 10.
Jahrhundert nimmt das aus a verdünnte e überhand: hove-stat,
grase-wurm, tage-lih.

positionen mit πεντα: πεντάμηνον, πεντάπηχυ μετάθες τὸ α εἰς τὸ ε πεντέμηνον λέγων καὶ πεντέπηχυ.

ὑληφόρος Aristoph. Acharn. 272 Holz sammelnd (über den Compositionsvocal η s. unten bei den hom. Formen); das regelmässige ὑλοφόρος ist der Titel einer Comödie des Aristomenes. Ety. Magn. *)

στριβιλικίγξ, Arist. Acharn. 1035 ist eine ὀνοματοποιΐα, in der das Zwitschern der Vögel durch den dünnsten und hellsten Vocal wiedergegeben werden soll. Schol. στρίβος καλεῖται ἡ ὀξεῖα βοή, λικίγξ δὲ ἡ λεπτὴ φωνὴ τοῦ ὀρνέου.

Ausfall des Compositionsvocals.

1. Weich vocalische Ausgänge im ersten Theil (ι und υ) dulden keinen Compositionsvocal.

ὀξυγλύκεια, Aristoph. Fragm.; πολύτυρος, Pherecrates; πλατύρρυγχος, Timocles, breitschnäblig; πολυπόδειον, Philyllius, ein kleiner Polyp; δρυπετής, Chionides, vom Baume fallend; δασύπους, Cratinus, Hase; ἀλίφρων, Crates, stolidus, von ἅλιος, μάταιος; ναύφρακτον βλέπεις, Aristoph. Acharn. du blickst wie aus einem Ruderloch; παχύστομος, Heniochus, mit breiter Mündung; μελίπηκτος, Antiphanes, Honiggebäck.

Die auf υς mit dem Genitiv υος lassen bisweilen den Compositionsvocal zu: δρυογόνος, Aristoph. Thesm. 114. Eichenhervorbringend (dagegen δρυκολάπτης, Arist. Aves, 979, Specht.) βοτρυόδωρος, Arist. Pax 512, Trauben schenkend; συοβαύλαλος, Cratinus, Schweinestall.

---

*) Bei Homer: Collectivcomposita: εἰκοσάβοιος, πενταέτης, ἐξαέτης, ὀκτάκνημος, ὀκτάπους. Das η, das bei Homer als Bindevocal erscheint, deutet auf eine Sprachperiode, wo η und ο noch unentwickelt im α lagen. ἐλαφηβόλος, ὀλιγηπελίη, νεηγενής, ἑκατηβελέτης, πυρηφόρος, ἀθηρηλοιγός (ἀκαλαρείτης, ruhig fliessend, gehört nicht hieher; es ist reine Juxtaposition von ἀκαλός im Neutrum Plural mit adverbialer Bedeutung wie ἀταλάφρων von ἀταλός).

Bei Pindar: ἑκατονταέτης, Pyth. 4. 282; πολεμαδόκος, Pyth. 10. 22.

Die mit χαλός im ersten Theile gebildeten Zusammensetzungen lauten weich vocalisch aus z. B. καλλίπυργος, Aristoph.; καλλιχέλωνος, Eupolis, aus schönem Schildpatt; καλλιτράπεζος, Amipsias, der auf schöne Tafel hält. Diese ersten Theile der Composition, sowie Comparativ und Superlativ, die schwankende Quantität des α, das Compositum ἀκαλλής, sowie das dorische καλλός (Apollonius in Bekkeri Anecdota p. 565) weisen auf ein ursprüngliches καλλίας oder κάλλις, das sich noch in Nom. prop. erhalten hat.

2. Der Compositionsvocal wird vom vocalischen Anlaute des zweiten Compositionstheils verdrängt z. B. φίλερις Axionicus ap. Athen, streitliebend; δραπετάγωγος, Comödie des Antiphanes, Einbringer von entlaufenen Sklaven; ἀνδρερἀστρια, Aristoph. Thesmoph. 392, Mannesliebhaberin. *)

Von der schmalen consonantischen Scheidewand, die das Digamma vor dem Anfangsvocale des zweiten Compositionstheiles errichtet, bleibt der Compositionsvocal stehen, z. B. τρύγοικος, Aristoph. Pax 527. Seihtuch; αἰσχροεπής, Ephippus, qui foeda loquitur; die Composita von ἐργος gehen überdies noch eine Crasis mit dem Compositionsvocal ein λινουργός, Alexis; στοματουργός, Arist. Ran.; ἀμπελουργός, Amphis; δακτυλιουργός, Pherecrates.

Euphonisches σ zwischen Compositionsvocal und vocalischem Anlaut.

Das σ, welches in θεοσεχθρία, Arist. Vesp. 418 und Hermippus, zwischen dem componirenden Vocale und dem Anfangsvocale des Grundwortes steht, ist als ein euphoni-

---

*) Ebenso dulden im Gothischen und Althochdeutschen die Ausgänge auf i und u den componirenden Vocal nicht.

Goth. mari-saivs, Meersee; arbi-numja, Erbnehmer von arbi, heredium; handu-vaurhts, χειροποιητός, von handus, manus.

Alth. heri-zoho, Herzog, von heri exercitus; meri-gart, Meergarten, von meri, aequor; hawi-screcchi Heuschrecke, von hawi, foenum.

sches Element anzusehen, so lange nicht nachgewiesen ist, dass σ in θεός wurzelhaft ist. *)

Dehnung im Anlaute des Grundworts.

Bei anlautendem, ausser Position stehendem, α, ε, o tritt statt des Compositionsvocals im zweiten Theile der Zusammensetzung in der Regel Ersatzdehnung in η und ω ein.

ποδώνυχος, Aristoph. Equit. 38; μορμόρωπος, Ran. 923; θριπήδεστος, Thesm. 427; κεφαληγερέτης, Cratinus; τοιχωρύχος, Diphilus; κακηγορίστατος, Ecphantides.

Verkürzungen in der Composition.

Im Compositum eilt der Ton dem Accente zu. Die in der accentuirten Silbe eintretende Tonerhöhung hat Tonschwächung in den vorhergehenden und nachfolgenden Silben zur Folge; daher findet sich Vokalverdunklung, Assimilaton, Aphäresis, und Synkope vor und nach dem Accent.

ὀσταφίς, Cratinus für ἀσταφίς; τετραπτερυλλίς, Aristoph. Acharn. 870; κρέαγρα, Aristoph. Equit. 767; κρεοστάθμη, Aristoph. apud Polluc.; κεβληπυρίς, Aristoph. Aves 303; ὑδορρόη, Aristoph. Vesp. 126. (Dagegen: ὑδατοπότης, Phrynichus Comicus;) ὀστολόγος, Epilycus; ἀκραιφνής (aus ἀκεραιοφανής) Aristoph. nach Antiatticist. und Lysippus (nach Meineke;) κολοκάνος, Strattis (Hesych. εὐμήκης καὶ λεπτός,) nach Meineke aus κολοκάνναβος, mit Gliedern wie Hanfstengel; κολοσυρτός, Aristoph. Plut. 530 für κολοσυρφετός, Raufgesindel, ein heller Haufe; κολ hängt mit κολούω zusammen, vergl. cello; μελαγκόρυφος, Aristoph. Av. 887 (dagegen Ran. 1332 μελανονεκυείμων.) **)

---

*) Vergl. θεόσδοτος, Aristoteles; θεοσκυνέω, Hesych; θεοσκυεῖ ebenfalls bei Hesych; ferner die homerischen θέσφατος, θέσπετος, θεσπέσιος, welche ein wurzelhaftes σ wahrscheinlich machen.

**) Vergleiche das homerische ὄπατρος für ὁμόπατρος, Jl. 11. 257; μελαγχροιής, Od. 16. 175; μελανόχροος, Od. 19. 246.

In γυναιμανής Jl. 3. 39 ist die Annahme einer Syncope aus γυναικομανής desshalb unstatthaft, weil ausser dem hypokoristisch (nach Curtius Grundzüge der gr. Etym., S. 563) erweiterten Stamme γυναικ, noch einfacher Stamm vorkommt, Gregor, Corinth. de dial. dor. τὴν γυναῖκα γάναν, Hesych. βάννα γυνὴ ὑπὸ Βοιωτῶν.

Umspringen der Quantität.

(Curtius Schulgramm. § 37.)

ὀρεωκόμος, Aristoph. Thesmo. 491, von ὀρεύς, Maul-
thier; γεωγράφος, Anaxandrides und Andere.

Veränderung der Endung des zweiten Theils.

Wenn Substantiva von abstrakter Bedeutung mit einem
andern Redetheil als einer Präposition eine Composition
eingehen, verändern sie stets ihre Endung.

ὠνή, λυρωνία, Aristoph. Fragm. 34; πωλή, παντοπω-
λία, Archippus; βοσκή, γηροβοσκία, Alexis; νομή, μαξο-
νομεῖον, Aristoph. apud. Poll.; κράτος, γυναικοκρατία, Comödie des Alexis; φάγημα, ἀλληλοφαγία, Athenion; κομ-
ψεία, ψολοκομψία, Aristoph. Equit. 693; ἐρυγμός, κρομ-
μυοξερυγμία, Aristoph. Pax 533; ἄγγος, κεναγγία, Plato
Comicus.

Adjectiva auf υς wandeln, wenn sie mit einem Nomen
componirt werden, ihre Endung in ης um: ὠκύς, ἀνεμωκής,
Aristoph. Av. 697.

Verbalbegriff in Composition.

Das Verbum eignet sich seiner Natur nach wenig zur
Composition. Es ist etwas viel zu Unstetes, nach Person,
Zahl, Zeit, Modus, Genus vermittels Augment, Reduplikation, Ablaut, Assimilation, Dissimilation, Verschmelzung,
Synkope, Lautverstärkung, Lautschwächung in Anlaut,
Stamm und Endung viel zu wandelbares Gebilde, als dass
es in den festen Rahmen einer Composition als starre
Form sich einschliessen liesse. Ohne seine Natur als Ver-
bum aufzugeben, kann es nur die leichteste Art Verbindung
mit Präpositionen eingehen. (Praeceptum regium Scaligeri
nach Curtius.) Die Lockerheit dieser Composition zeigt sich
besonders darin, dass sie immer vom Augment und der
Reduplikation, oft auch von andern dazwischen tretenden
Redetheilen (Tmesis) durchbrochen wird.

Soll das Verbum mit einem andern Wort als einer Präposition componirt werden, so muss es vorerst seine verbale Natur aufgeben und festere Form annehmen, d. h. die Metamorphose in eine Nominalform durchmachen.

Verbalia im zweiten Theile der Composition.

Um den Verbalbegriff in feste Form zu binden, werden einzig und allein zum Zwecke der Composition Nomina agentis gebildet, die ausser Composition nicht üblich sind, von ποιέω auf ποιος, von ἔργω, ἐργάζομαι εργος, von λέγω λογος, δέχομαι δοκος, φέρω φορος, ἔφαγον φαγος, gerade wie die deutschen Verbalia »Macher, Sager, Bringer, Werker, Gräber, Lasser, Nehmer, Bitter, Haber, Weiser« nicht allein, sondern bloss in Compositionen, wie »Holzmacher, Wahrsager, Segenbringer, Tagwerker, Todtengräber, Erblasser, Rechtsnehmer, Leichenbitter, Machthaber, Wegweiser« vorkommen.

κρημνοποιός, Aristoph. Ran. 1367 Fabrikant von schwindelnd hohen Worten; λινουργός (γυνή) Alexis, Leineweberin; ὀστολόγος, Epilycus, Gebeinesammler; ὑπολεπτολόγος, Cratinus, etwas spitzfindig redend; κυμινοδόκον, Nicochares, Kümmelbehälter; τεττιγοφόρος, Aristoph. Eq. 1328, Cicadenträger; ὀψοφάγος, Machaon, Leckermaul; βαλλαντιοτόμος, Ecphantides, Beutelschneider, ὀρνιθοκόμος, Comödie des Anaxias, Hühnerhalter; γλευκαγωγός (βύρσα,) Pherecrates, Mostschlauch; μαμμάκυθος, Aristoph. Ran. 999, einer, der zur Mutter kriecht; τοιχωρύχος, Diphilus, Maurendurchbrecher.

Ausser der Endung ος finden sich bei den Nomina agentis die Endungen: ας, ις, σις, ης, της, στης, μων, τος, αδης.

βλιττομάμμας, Aristoph. Nub. 927 von τό βλίτον (λάχανον) und μαμμάω (Hesych. ἐπὶ παιδικῆς φωνῆς ἐσθίειν) Meldefresser; ταγηνοκνισοθήρας, Eupol. Bratpfannengeruchjäger; ἀγροβόας, Cratinus, ὁ ἀγροίκως φθεγγόμενος; πρασοκουρίς, Strattis, Raupe (ζῶον κεῖρον τὰ πράσα;) βορβοϱοτάϱαξις, Aristoph. Eq. 309, Schlammaufwühler; ὀλιγοδϱανής, Aristoph. Av. 686 wenig vermögend; ἐϱγολήπτης, Teleclides, Arbeitsnehmer; σαϱκασμοπιτυοκάμπης, Aristoph. Ran. 960, durch Spott Fichten biegend; κυμινοπϱίστης, Posidippus, Kümmelspalter; βιοϑϱέμμων, Aristoph. Nub. 561, Leben nährend; ἱπποβάμων, Aristoph. Ran. 821 hoch zu Ross; νακότιλτος, Cratinus, gerupft wie ein Fell; ϱακιοσυϱϱαπτάδης, Aristoph. Ran. 841, Lumpenflickschneider; στωμυλιοσυλλεκτάδης, Aristoph. Ran. 846, Geschwätzzusammenleser. *)

Besonderer Beachtung würdig sind die von einsilbigen Verbalstämmen gebildeten Nomina agentis, bei denen das Subject der Composition in dem im Auslaut angefügten Geschlechtszeichen ς verborgen liegt.

κυαμοτϱώξ, Aristoph. Eq. 41, Bohnenfresser, Spottnamen für die Richter; χοιϱόϑλιψ, Aristoph. Vesp. 1364; ἀσπιδαποβλής, Aristoph. Vesp. 592, Schildwegwerfer; αὐτοδάξ, Aristoph. Lys. 781, sich selbst beissend; οἰκότϱιψ, Aristoph. Thesm. 426, Hausverderber. **)

Von starkem Passivstamm gebildet und desshalb von passiver Bedeutung sind:

πυϱοϱϱαγής, Aristoph. Acharn. 899, im Feuer geborsten; γομφοπαγής. Aristoph. Ran. 825, nagelgenietet; κεϱαυνοπλήξ, Alcaeus Comicus, blitzgetroffen; ὠτοκάταξις,

---

*) Die Endung αδης, der ein primitives ajâs zu Grunde zu liegen scheint, hat mit der äolischen Patronymikaendung natürlich nichts zu thun; der vollere Vokalismus hebt hier den Begriff der Thätigkeit, in σαλπιγγολογχυπηνάδαι, Aristoph, Ran. 966 den Begriff des Besitzens stärker hervor.

**) In diesem sprachlichen Hinterbau stimmt das Gothische auffallend mit dem Griechischen überein. Auch dort wird der Verbalstamm durch ein auslautendes S zum Nomen agentis, während das Althochdeutsche das auslautende s in der Regel nicht duldet (Westphal's Auslautsgesetz des Gothischen) vulv-an, rapere, vulv-s, lupus; (ga) stald-an, κτᾶσϑαι, aglait-gastald-s, αἰσχϱόκεϱδος; (ga) vig-an, movêre, veg-s, unda.

Aristoph. Frag. 35 Hes. τὰ ὦτα τεθλασμένος (ὠτοκα ταξίας, Pollux 4. 144.)

Concurrenz

des Nomen agentis φίλος um die erste und zweite Stelle in der Composition.

Das noch transitive Bedeutung in sich tragende Verbale φίλος erscheint bald als erster, bald als zweiter Theil der Composition.

Dem Grundgesetz der Wortstellung in der Composition gemäss war Nachstellung das Ursprüngliche, und diese hat sich auch in Eigennamen, den Trägern und Erhaltern so vieler sprachlicher Antiquitäten, behauptet: Ἀριστόφιλος, Δημόφιλος, Ἀστύφιλος, Ξενόφιλος, Οἰνόφιλος, Ἁγνόφιλος; sonst habe ich ein nachgesetztes φίλος nur in παιδόφιλος, Orph. 39, 15, gefunden. Das γυναικοφιλής des Comikers Polyzelus wird vom Grammatiker Pollux als „οὐ πάνυ ἀνεκτόν" bezeichnet.

Im Laufe der Zeit gewann aber die Voranstellung die Oberhand. Der Verbalbegriff tritt in nachdrucksvoller Weise voran, und im nachfolgenden Objekte wird die Flexion von dem das Wortganze als Subjekt schliessenden Geschlechtszeichen verdrängt: φιλόδειπνος, Alexis; φιλοθύτης, Comödie des Metagenes; φιλομόχθηρος, Philonides; φιλορχικός, Pherecrates; φιλέορτος, Aristoph. Thesm. 1047; φιλαμπελώτατος, Aristoph. Pax 308; φιλόκυβος, Aristoph. Vesp. 75; φιληλιαστής, Aristoph. Vesp. 88; (ἡλιαστής, ὅρκος τῶν ἡλιαστῶν); λιχνοφιλάργυρος, Philyllius, leckerhaft und geizig, ein Copulativcompositum (Meinecke's Conjectur, λιχνοφειδάργυρος.) Ueber Composita copulativa siehe im II. Theile.

Verbalia im ersten Theile der Composition.

Auf gleiche Weise wie φιλόδειπνος etc. gebildet sind: μισόδημος, Aristoph. Fragm.; ἐθέλεχθρος, Cratinus; ὑβριστοδίκαι, Comödie des Eupolis (οἱ τὰς δίκας ὑβρίζοντες, μὴ ἐθέλοντες εἰσάγειν τὰς δίκας, Hesych.); μελλοδειπνικὸν μέλος, Aristoph. Eccles. 1153, Schmauserwartungslied; λιποτάξιον, Antiphanes, Desertion.

Nomina agentis mit den Ausgängen εσι, σι, ι und ε im ersten Theil.

Diese Classe der Composita hat den Etymologen schon viele Mühe und Bedenken verursacht. Der alte Grammatiker Orus (nach Lobeck ad Phrynichum, p. 767) sagt: Die zweisilbigen Verba verwandeln das ω in ε oder ι wie φερέοικος und τερπικέραυνος; von oxytonirten Participien werden Compositionen mit dem Compositionsvocal ο, bisweilen ε gebildet wie φυγόπολις, φανόδημος und δακέθυμος; Ableitungen vom Futurum nehmen den Compositionsvocal ι an, wie φυσίζοος, μεμψίμοιρος. Lobeck findet den Stamm eines Theiles dieser Compositionen im Futurum, Buttmann im schwachen Aorist. Ohne auf diese Ansichten eines Nähern einzugehen, will ich hier den grossen Germanisten Grimm seine Hypothese über die Entstehung dieser Art von Compositionen entwickeln lassen (Deutsche Grammatik II. Band S. 976). »Die Formen ἄγε, ἄρχε etc. sind offenbare Imperativi Futuri, und weil sich ἀγέ-λαος und ἀγεσί-λαος ἀρχέ-λαος und ἀρχεσί-λαος, φερέ-καρπος und φερεσί-βιος sichtlich parallel stehen, so wage ich zu vermuthen, dass die futurischen Formen veraltete Imperativi Futuri sind. Die griechische Grammatik, wie wir sie heute kennen, lässt das Futurum im Conjunctiv und Imperativ ausfallen, ohne dass dem Begriff nach diese beiden Modi ihm widerstrebten. Der Analogie des Imperativs des ersten Aorists σεῖσον, φίλησον gemäss, scheint mir das Fut.·I. Imp. gelautet zu haben σεῖσι, φιλήσι, ja sein hohes

Alterthum zeigt sich selbst in dem unkontrahirten ἀγέσι, ἀρχέσι und nicht in ἄξι, ἄρξι, obgleich das alleinstehende Fut. Ind. ἄξω, ἄρξω statt ἀγέσω, ἀρχέσω hat. Was ist unser Hebe-streit, Habe-dank anders als etwan ὀρσί-μαχος, ἐχε-χαρής wäre? und wer σεισίφυλλος, φιλησίμολπος genau verdeutschen wollte, hätte zu setzen Schüttelblatt, Liebesang.«

Curtius äussert sich in seinen Erläuterungen zur griech. Schulgrammatik, S. 143, hinsichtlich dieser Composita:

»So vielfach man versucht hat in dem ersten Theile Nominalformen nachzuweisen, so scheint die Frage mir noch keineswegs gelöst zu sein.«

In folgenden Ausführungen sei nun die Lösung der Frage, »wie die im ersten Theile auf εσι, σι, ι, ε auslautenden Composita entstanden,« versucht.

Ob schon früher der gleiche Weg zur Lösung betreten worden, ist mir bei meinen etwas mangelhaften Hilfsmitteln nicht kund geworden.

1. Aus Verben werden Nomina agentis auf σιας, σις, ιας. ις gebildet. Wie viele andere Formen aus einer frühern Sprachepoche, so sind uns auch diese alterthümlichen Ableitungssilben hauptsächlich in Eigennamen erhalten worden. Vom lazedämonischen ἀγέομαι bildete man Ἀγησίας, (Pind. Ol. 6), Ἄγησις (Inscript. 2916), Ἀγίας (Xenoph. Anab. 2. 5. 31); Ἆγις (Thucyd. 3. 89), vom Stamme ἀλεκ Ἀλεξίας und Ἄλεξις, vom Stamme ἐρυκ Ἐρυξίας und Ἔρυξις, vom Stamme πραγ Πραξίας und Πρᾶξις, vom Stamme κτα Κτησίας und Κτῆσις, vom Stamme λυ Λυσίας und Λῦσις, vom Stamme γνω Γνωσίας und Γνῶσις, vom Stamme πειθ Πεισίας, Πεῖσις und Πῖσις, vom Stamme τερπ Τερψίας und Τέρψις, vom Stamme νικα Νικασίας und Νίκασις, vom Stamme ἀκε Ἀκεσίας und Ἄκεσις.

Auch noch eine beträchtliche Anzahl Nomina appellativa auf diese Ausgänge ist auf uns gekommen:

τάραξις in βορβοροτάραξις, Aristoph. Eq. 309. (Kein Abstractum, sondern Personalsubstantiv wie der Schol.

deutlich bemerkt: τοράττων ἡμῶν τὴν πόλιν, θορύβου πλη-
ρώσας τήν πόλιν καὶ βορβόρου), κάταξις in ὠτοκάταξις
(Aristoph. Fragm.) und ὠτοκαταξίας (bei Pollux 4. 144),
προσοκουρίς Strattis, κουρίας Lucian, πάμφθερσις (Phocy-
lides apud Stob.), μάρπτις (Aeschyl. Suppl. 853), ἤρυσις
in ἐτνήρυσις (Aristoph. Ach. 245), οἰνήρυσις (Ach. 1031),
ζωμήρυσις (Philemon), σίνις (Aeschyl. Agam. 700).

Aus obigen Zusammenstellungen ist ersichtlich, dass
die Ableitungssilbe ις, wie schon die alten Grammatiker
erkannten, eine Verkürzung aus ιας ist. Die Ableitungssilbe ιας drückt das Haften eines Objekts, einer Eigen-
schaft, einer Thätigkeit oder eines Zustandes am Subjecte
der Composition aus. Es liegt jedoch in diesem Haften
mehr Stärke und Dauer, als die gewöhnliche Ableitungssilbe ιος zu verleihen pflegt, z. B. τραυματίας (an dem ein
τραῦμα haftet), κοππατίας, ἀνθοσμίας, κυματίας, ὠχρίας,
ἀμυνίας.

2. Das Nomen agentis auf ις, denn vor dem Accent
liebt die Composition Verkürzungen, tritt gerade wie φίλος
als erster Theil der Composition ein, das Geschlechtszeichen
ς weicht aus der Mitte an das Ende des Wortganzen, und
der Compositionsvocal bleibt wegen der weichvocalischen
Endung auf ι ausgeschlossen. Die Composition kehrt sich
also um. Wie sich früher βορβοροτάραξις bildete, so bildet
sich jetzt ταραξικάρδιος, Aristoph. Ach. 315, und ταρα-
ξιππόστρατος, Aristoph. Eq. 247. (Schol. ταράξας τὸ πλῆ-
θος τὸ ἱππικόν). Wenn der erste Theil der Composition
im Wortschatz der griechischen Sprache sich sonst nirgends
findet, so ist anzunehmen, dass die Form bloss zum Zwecke
der Composition gebildet wurde, wie ποιος, εργος, φαγος etc.
für den zweiten Compositionstheil.

3. Da κεκράκτης mit κέκραξις in κεκραξιδάμας, Aristoph. Vesp. 596, der Völkernamen Σίντιες mit σίνται, μάρπτις mit μάρπτης, Καλλίας oder κάλλις im ersten Theile der
Composita mit καλλής in ἀκαλλής, Πεισίας mit πειθής in
εὐπειθής parallel laufen, so scheinen die Endungen ιας, ις

und ης in einem ursprünglichen jâs vereinigt gewesen zu sein (τ vor den weichen Vocalen ι und υ geht gewöhnlich in σ über; φερόντια, wird φέρουσα, φαντί φασί, τύ σύ).

4. Das ε, welches in einigen Bildungen vor σι erscheint, ist Hilfsvocal, wie er auch in vielen Ableitungen auf τη, της, τες besonders vor oder unter dem Accente erscheint.

ἀρετή vom Stamme ἄρω.	ἑρπετόν vom Stamme ἕρπω
εὑρετής vom Stamme εὗρον	κοπετός vom Stamme κοπ
γενετή vom Stamme γεν	δακετόν vom Stamme δακ
νεφεληγερέτης v. Stamme ἀγείρω	παγετός vom Stamme παγ.

5. Im Auslaute des ersten Theils treten gerne Verkürzungen ein. Aus εσι und σι wird ι und ε.

Ἀγησίλαος, Ἀγεσίλας, Ἀγεισίλαος (Insc. Leake.), Ἡγησίλεως in attischer Form; Ἀγέλαος (Jl. 8. 257), Ἀρχεσιδάμας, Ἀρχιδάμας, Ἀρχεδάμας. Μενεσικράτης, Μενεκράτης; ἑλκεσίπεπλοι, (Hom.) ἑλκετρίβων (Plato Com.), ἐπιχαιρεσίκακος (Phrynichus), ἐπιχαιρέκακος (Alexis), φερεσσίπονος (Epigr. in Panem apud Welker. Syll. Epig. p. 186) φερέπονος (Pind. Pyth. 2. 50), φερέσβιος (Hom. Hym. Apoll. 341.)

6. Die Quantität der vor σι stehenden Silbe ist schwankend. In manchen Fällen scheint die Aehnlichkeit dieser Formen mit dem Futurstamme die Quantität des Futurvocals herbeigeführt zu haben: φυσίζοος, φθισήνωρ, λυσιμελής, διαδρασιπολῖται (Arist. Ran. 1014), ἐλασίβροντος (Aristoph. Eq. 625), ἐτνήρυσις.

Beispiele von umgedrehter Composition.

κυκησίτεφρος, Ar. Ran. 710; τρυσίβιος, Nub. 420; δοκησίσοφος, Pax 44; Γευσιστράτη, Eccles 49; Πεισέταιρος Πειθέταιρος, Meinecke Πισέταιρος in Aves statt des frühern Πεισθέταιρος; θραυσάντυξ, Nub. 1246; ἀγερσικύβηλις Cratinus (Ἀγύρτης καὶ κυβηλιστής) ein Compositum copulativum; ἀνεξικώμη, Cratinus, (ἡ ἀνάσχοιτο ἂν ὅλης τῆς κώμης); αἱρησιτείχης, Diphilus; βλεπεδαίμων, Com. anonym. apud

Poll.; *δοκησίνοος*, Callias; *μεμψίμοιρος*, *ή*, Comödie des Antidotus; *φερέοικος*, *φέροικος*, Cratinus. *)

II. Bedeutung und Arten der Nomina composita.

Da wir bei den alten griechischen Grammatikern vergeblich nach einer Behandlung und Zusammenstellung der Composita hinsichtlich ihrer Bedeutung suchen, müssen wir in eine Sprachepoche und eine Sprache zurückgehen, deren Lebensnerv die Composition war. Den Grammatikern der Sanscritasprache lag die Reflexion über das Wesen der Compositia ungleich näher als ihren griechischen Epigonen. Die Eintheilung, die sie herausgefunden, hat Licht und Ordnung in das grosse Heer der vielgliedrigen manigfach zusammengesetzten Sanscritsprachgebilde gebracht und empfiehlt sich durch ihre Uebersichtlichkeit und Fasslichkeit, durch scharfes Hervorheben der unterscheidenden Momente und ziemlich vollständiges Durchgreifen zur Uebertragung auf verwandte Sprachen.

Nach der Sanskritgrammatik zerfallen die Nomina composita in sechs Klassen (Kellner Sanscritgramm. § 326).

1. Composita copulativa.
2. Composita determinativa.
3. Composita objectiva.
4. Composita collectiva.
5. Composita possessiva oder attributiva.
6. Composita adverbialia.

*) Aus Homer: *ταλασίφρων*; *ταμεσίχρως*; *φαεσίμβροτος* (Stamm *φαεϑω*;) *τερψίβροτος*, Hym. Ap. 411; *νέποδες φῶκαι*, Od. 4. 404, ein viel besprochenes Wort, aus *νευσίποδες* (Hesych. *νηξίποδες*) entstanden, als Compositum possessivum, (Schwimmfüsse habend) zu fassen. (Ueber Composita possesstiva siehe im II. Theil).

1. Composita copulativa

im Sanskrit Duanda, Paar, genannt.

Zwei, oft auch mehrere von einander unabhängige Stämme von gleicher Wichtigkeit und Geltung sind unter einem Accent zur Worteinheit verbunden. Als Probe gilt, dass die Composition das Einschieben der Conjunction *καί* zwischen den einzelnen Gliedern duldet. Die in copulativer Weise mit einander verbundenen Glieder können wieder mit andern Stämmen zusammengesetzt sein, die zu ihnen im Verhältniss der Abhängigkeit stehen. Beispiele:

αὐξομείωσις, Strabo, Ebbe und Fluth.

νυχθήμερος, (*δρόμος*), Arriani periplus, einen Tag und eine Nacht dauernd.

Ἑρμοκαϊκόξανθος, Aristotel. poetic. c. 21. Hermus, Kaikus und Xanthus. *) **)

A.

In der Form von Copulativcomposita erscheinen die Namen von Fabelthieren und mythologischen Gestalten, bei denen die Phantasie der Orientalen und Hellenen Glieder und Merkmale der Art nach verschiedenen Wesen in einem Leibe vereinigt hat.

ἱππαλεκτρυών, Aristoph. Ran. 932, Pax 1177, Aves 800, Rosshahn, nach den Schol. ***) aus den Myrmidonen des Aeschylus entlehnt. Hesych. †) *τὸν μέγαν ἀλεκτρυόνα*

---

*) Aristotel. poët. cap. 21. *Ὀνόματος δὲ εἴδη τὸ μὲν ἁπλοῦν (ἁπλοῦν δὲ λέγω ὃ μὴ ἐκ σημαινόντων σύγκειται οἷον γῆ), τὸ δὲ διπλοῦν. τούτου δὲ τὸ μὲν ἐκ σημαίνοντος καὶ ἀσήμου, τὸ δὲ ἐκ σημαινόντων σύγκειται. εἴη δ᾽ ἂν τριπλοῦν καὶ τετραπλοῦν καὶ πολλαπλοῦν ὄνομα, οἷον τὰ πολλὰ τῶν Μεγαλιωτῶν Ἑρμοκαϊκόξανθος.*

**) Vergl. das Lateinische suovetaurilia.

***) Scholia Graeca in Aristophanem cum prolegomenis Grammaticorum ed. Dübner, Paris, Didot, 1855.

†) Hesychii Alexandrini Lexicon editio minor cur. Mauricius Schmidt, editio altera. Jenae 1867.

ἢ τὸν γραφόμενον ἐν τοῖς Περσικοῖς περιστρώμασιν. Phot. γρύψ· διὰ τὸ τετράσκελον εἶναι καὶ πτέρυγας καὶ ῥύγχος ἔχειν ἐπικαμπές

τραγέλαφος, Antiphanes Fragm. 139 *), Aristoph. Ran. 935, Bockhirsch.

γρυπαίετος, Aristoph. Ran. 929, Greifadler.

κυκνοκάνθαρος, Nicostratus Fragm. 6, Schiff mit dem ἐπίσημον eines κυκνοκάνθαρος oder mit beiden Thieren als doppeltem ἐπίσημον.

Τιτανόπανες, Comödie des Myrtilus Fragm. 1, Titanenpane.

In verwandtem Sinne steht Aristoph. Pax 181:

ἱπποκάνθαρος, Käferross, cantharus equi vice fungens, der Käfer, welcher den Trygäus im Fluge in den Olymp hinauf trägt.

B.

Eigenthümlichkeiten, Gewohnheiten, Beschäftigungen werden zur Charakterisirung von Personen, auffällige Merkmale zur Kennzeichnung von Sachen in den Rahmen eines Copulativcompositums zusammengedrängt. In dieser Weise wird oft durch ein einziges Wort eine weitgehende Perspektive in den Charakter einer Persönlichkeit eröffnet.

Μυσικάρφης, bei Hesych. Μυσίκαρφος, Apollophanes Fragm. 3. N. pr.

πτωχαλάζων, Alexis Frag. 2, Bettler und Grosssprecher.

φρυαγοσέμνακος, Aristoph. Vesp. 135, unbändig und stolz.

λιχνοφιλάργυρος, Philyllius Frag. 6, Hesych. ὁ λίχνος μὲν, φειδωλὸς δέ, leckerhaft und geizig. Meinecke's Conjektur: λιχνοφειδάργυρος.

τριβολεκτράπελος, Aristoph. Nub. 1003, spitz und unkultivirt.

---

*) Poëtarum Comicorum Graecorum Fragmenta p. Meineke recog. Bothe, Paris, Didot, 1855.

ἀρχαιομελισιδωνοφρυνιχήρατα (μέλη), Aristoph. Vesp. 220 alte in Folge ihrer süssen Melodien beliebte Lieder aus den Sidonierinnen des Phrynichus. Die copulativ verbundenen Glieder sind ἀρχαῖα und ἐρατά.

μουσόμαντις, Aristoph. Av. 276, Sänger und Prophet, Parodie auf Aeschyl. Edoner Fragm. 58: Τίς ποτ' ἐσϑ' ὁ μουσόμαντις ἄτοπος ὄρνις ὀριβάτης.

Κολακοφωροκλείδης, Phrynich. Frag. IV., Schmeichel- und Diebesmeister, mit Patronymiconendung.

ἀγερσικύβηλις, Cratinus Frag. VIII., Hes. ἀγύρτης καὶ κυβηλιστής, Bettler und Cybelepriester.

κυμινοπριστοκαρδαμογλύφος, Aristoph. Vesp. 1357, Kümmelspalter und Kresseklauber.

ὀρϑροφοιτοσυκοφαντοδικοταλαιπωροι τρόποι, Aristoph. Vesp. 505, frühwandelnde, sykophantische, prozessgeplagte Lebensweise. Schol.: παρὰ τοῦ ὀρϑρεύειν καὶ φοιτᾶν καὶ συκοφαντεῖν καὶ ἐν δίκαις ταλαιπωρεῖν.

νεοπλουτοπόνηρος, Cratinus Frag. 22, seit kurzem reich und schlecht. *)

Eigentlich in die Klasse der Composita possessiva gehören, allein wegen ihrer copulativen Gliederung finden hier ihre Stelle:

σφραγιδονυχαργοκομῆται, Aristoph. Nub. 332, mit Ringen, weissen Nägeln, langen Haaren. **)

σαλπιγγολογχυπηνάδαι, Aristoph. Ran. 966, mit Trompete, Lanze, Bart. Donner: Trompetengrimmbartlanzenkerls. ***)

---

*) Copulativ gegliedert sind die Adverbia.
ἀσκαρδαμυκτεί, Aristoph. Equit. 292. ohne zu zucken und zu blinzeln.
κομψευριπιδικῶς, Aristoph. Equit. 18, verdeckt und nach des Euripides Art; κομψῶς Schol. μὴ φανερῶς, λεληϑότως.
**) ὀνύχαργος findet seine Erklärung bei Suidas: ὁσημέραι ξέοντας αὐτοῖς (τοὺς ὄνυχας) τοῦ ἐκλάμπειν ἄγαν.
***) αδης ist Possessivendung, vergl. Seite 16. Anm.

*

C.

Statt der characterisirenden Eigenschaften finden oft Personen- und Thiernamen als Verkörperungen und Repräsentanten von Eigenschaften im Copulativcompositum ihre Stelle.

Γερητοϑεόδωροι, Aristoph. Acharn. 605, Leute wie Geres und Theodorus (Vergl. Plutarch. Caesar. 15, *Μέτελλοι*, Leute wie Metellus).

Τισαμενοφαίνιπποι, Aristoph. Ach. 603, Leute wie Tisamenos und Phänippus. *)

κυναλώπηξ, Aristoph. Equit. 1062, Hundefuchs. Hesych. *Φιλόστρατον λέγουσιν οὕτω οἱ κωμῳδοῦντες.*

D.

Copulativcomposita werden zur Benennung von Geräthen mit mehrfacher Bestimmung verwendet.

ὀβελισχολύχνιον, Theopompus Comicus Fragm. 4, als Leuchter dienender Bratspiess (Lichthalter).

σακκοπήρα, Apollodorus Carystius Fragm. 1, Sacktasche.

ξιφομάχαιρα, Theopompus Comicus Fragm. 4 und 7, Säbelmesser; im Munde des *τοξότης* in Aristoph. Thesm. 1127, *ξιτομάχαιρα.*

E.

Copulativcomposita dienen dazu, um die verschiedenen Substanzen von Speisen im Namen der Speisen wiederzugeben.

ὀξυλίπαρον, Sotades Comicus Fragm. 1, scharfe Brüche von Essig und Fett.

λεπαδοτεμαχοσελαχογαλεοκρανιολειψανοδριμυποτριμμα-
τοσιλφιοπρασομελιτοκατακεχυμενοκιγκλεπικοσσυφαττοπερισ-
τεραλεκτρυονοπτεγκεφαλοκιγκλοπελειολαγωοσιραιοβαφητρα-

---

*) Hieher gehört vielleicht auch das *Ἀμφιπτολεμοπηδησίστρα-τος* des Eupolis, incert Fabul. Fragm. 70.

γανοπτερύγων, Aristoph. Eccles. 1178, nach Donner's Uebersetzung (Leipzig und Heidelberg 1862):

> Austerigsprottigmuräuiglampretiges
> haischädelknochensplitterigbeissendes
> beizigessilphionhonigbeträufeltes
> drosseligamseligtaubenfasaniges
> hänchenhirnigleckergebratenes
> elsterhasensulzesirupknorpligesflügelgericht.

F.

In einigen Copulativcompositis scheinen die Glieder
tautologisch zu stehen. Das zweite Wort ist dem ersten
entweder des bessern Verständnisses halber oder zur Verstärkung der Bedeutung angefügt.

ὀρναπέτιον, Aristoph. Acharn. 877, etwa Fliegevogel.

βεμβραφύη, Aristonymus Comicus Fragm. 2, Sardelle.

στριβιλικίγξ, Aristoph. Acharn. 999, Gezwitscher.